1910 - Avril-8

VENTE

du Vendredi 8 Avril 1910

à 2 heures

Hotel Drouot, Salle N° 9

EXPOSITION PUBLIQUE

le Jeudi 7 Avril 1910

de 2 heures à 6 heures

84 | Chambre des Commissaires Priseurs
Envoi à la Bibliothèque Nationale

AF456736

OBJETS d'ART
de la
Chine et du Japon

Commissaire-Priseur

Mᵉ EDOUARD FOURNIER

29, Rue de Maubeuge

Expert

M. A. PORTIER

24, Rue Chauchat

CATALOGUE

d'Objets d'Art
de la
Chine et du Japon

❧ ❧ ❧ ❧ ❧

GARDES

ARMURES — KOTZUKAS
BOUTS ET ANNEAUX
FERS — BRONZES — BOIS — LAQUES
NETZUKES — CÉRAMIQUE
ESTAMPES

dont la vente aura lieu

Le Vendredi 8 Avril 1910

à 2 heures

HOTEL DROUOT, SALLE N° 9

Commissaire-Priseur
Me ÉDOUARD FOURNIER
29, Rue de Maubeuge

Expert
M. ANDRÉ PORTIER
24, Rue Chauchat

CHEZ LESQUELS SE DISTRIBUE LE PRÉSENT CATALOGUE

EXPOSITION PUBLIQUE

Le Jeudi 7 Avril 1910, de 2 heures à 6 heures

CONDITIONS DE LA VENTE

Elle sera faite expressément au comptant.

Les acquéreurs devront payer 10 o/o en sus des enchères.

L'Exposition mettant le public à même de se rendre compte des objets à vendre, il ne sera admis aucune réclamation, l'adjudication prononcée.

ORDRE DE LA VACATION

Numéros.	229 à 246
—	1 à 153
—	190 à 228
—	279 à 288
—	154 à 189
—	247 à 278

DÉSIGNATION

GARDES DE SABRES

Style primitif (Reproductions)

1. — **Garde en fer** plein, ovale, avec trous circulaires.
2. — Garde en fer plein, quadrilobé uni.
3. — Garde en fer plein, circulaire.
4. — Garde en fer plein, à dix lobes.
5. — Garde en fer plein, quadrilobé.
6. — Garde en fer plein, quadrilobé, à gravure de dragon.
7. — Garde en fer plein, circulaire, martelé et ajouré de deux rognons.
8. — Garde en fer plein rayonné.
9. — Garde en fer plein, repercé de trous circulaires et d'un attribut.
10. — Garde en fer plein, quadrilatéral, à rayonnement.
11. — Garde en fer plein, rectangulaire, gravé de caractères Daï et autres.
12. — Garde en fer plein. circulaire, à rayonnement par hachures.
13. — Garde en fer plein, quadrilobé, gravé de nuages stylisés.
14. — Garde en fer plein, ovale, à rayonnements sur une face.
15. — Garde en fer plein, circulaire, repercé d'oisillons et de chauves-souris.
16. — Garde en fer plein, circulaire, uni.
17. — Garde en fer plein, à profil de pétales de fleur (signature Massaharou).

18. — Garde en fer plein, circulaire, à couronne en bordure et rayonnement.

19. — Garde en fer plein, rectangulaire, à rayonnement par hachures.

20. — Garde en fer plein, circulaire, à quatre reperçages parallèles à la circonférence.

21. — Garde en fer plein, quadrilobé, martelé, ajouré de pétales de fleurs, de nuages et de lune.

22. — Garde en fer plein, quadrangulaire, uni.

23. — Garde en fer plein, circulaire, martelé, bossué, gravé de Dài et autres caractères.

24. — Garde en fer plein, quadrilobé, à stries imitant la pluie (signature Kiyomitsu).

25. — Garde en fer plein, quadrilatéral, martelage de nuages stylisés en creux (signature Nobouiyé).

26. — Garde en fer plein, quadrilobé repercé, repercé de trois trous circulaire reliés par deux lignes (signature Miotshine Mounémoto).

27. — Garde en fer plein, quadrilatéral, repercé d'une calebasse et deux rectangles parallèles.

28. — Garde en fer plein, circulaire, repercé autour du centre de parties rayonnantes.

29. — Garde en fer plein, quadrilobé, uni, ajouré de quatre cœurs.

30. — Garde en fer plein, circulaire, strié de lignes imitant la la pluie, et d'un dragon (signature Miotshine Mounéhissa).

31. — Garde en fer plein, quadrilatéral, strié de pluie; gravure de roue, de cercles et de caractères rectangulaires (signature Naokatsu).

32. — Garde en fer plein, quadrilobé, gravé d'un môn.

33. — Garde en fer plein, ovale, repercé de fleurettes.

34. — Garde en fer repercé de fleurettes de cerisier.

GARDES AJOURÉES :
STYLE DE L'ÉPOQUE DES HOJO, DES ASHIKAGA ET DU YAMASHIRO

35. — **Garde en fer** ajouré et repercé : Mante religieuse et roue de moulin.

36. — Garde en fer ajouré, Oie volant et feuilles de bambou.

37. — Garde en fer ajouré quadrilobé. Oisillons volant.

38. — Garde en fer ajouré, contour irrégulier formant branche de prunier.

39. — Garde en fer ajouré, Oisillons et insectes dans les herbes.

40. — Garde en fer ajouré, circulaire, repercé de nénuphars et de ponts brisés.

41. — Garde en fer ajouré, circulaire à contour de branche de bambou.

42. — Garde en fer ajouré de branche de paulownia.

43. — Garde en fer ajouré ovale à rayonnemment.

44. — Garde en fer ajouré circulaire, pétales de fleurs, de feuilles et de vagues. Signature Kinaï d'Etchizen.

45. — Garde en fer ajouré circulaire. Six coquilles.

INCRUSTATIONS DITES DE FOUSHIMI ET DE YOSHIRO

46. — **Garde en fer plein** circulaire. Incrustations en fils d'or et d'argent, de feuillages.

47. — Garde en fer plein ovale. Incrustation de feuilles et de brindilles en métaux divers. Vente Gerbeau.

48. — Garde en fer ajouré, octolobé.

49. — Garde en fer plein, martelé, gravé entièrement d'une multitude de petits cercles et incrusté en cuivre de branchages.

50. — Garde en fer quadrilobé, ajouré de quatre cœurs, incrustations de cuivre, de fleurs et de brindilles. Les profils de la garde sont cernés d'une fine cordelette en cuivre.

51. — Garde en fer ajouré, martelé en creux, d'oisillons volant, et d'un animal. Incrustation en relief en cuivre d'un bœuf rompant sa longe et d'arbrisseaux.

52. — Garde en fer quadrilobé, incrustation à plat en métaux divers de branches fleuries. (Vente Gerbeau).

52 *bis*. — Garde en fer plein. Incrustation en argent de Mons.

STYLE NAMBAN

53. — **Garde en fer** finement ajouré de dragon, de perles et de rinceaux à rehauts d'or. Pièce cerclée d'or.

STYLES DIVERS A CISELURES ET GRAVURES

54. — **Garde en fer** plein circulaire, gravure d'un tigre sur rocher.

55. — Garde en fer carré, gravure de paulownia.

56. — Garde en fer plein, circulaire, finement ciselé dans réserves circulaires de dragon et de nuages.

57. — Garde en fer plein, à profil irrégulier ciselé de fleurettes.

58. — Garde en fer plein, quadrilobé, ciselé, d'un Chien de Fô et papillon. — Signature Naomassa.

59. — Garde en fer plein, quadrilobé ciselé de Pêcheur à la ligne.

60. — Garde en fer plein, circulaire, entièrement ciselé dessus et dessous, de chrysanthèmes par Norisuki à Nagoya.

« Un jour du 10e mois sous le signe du Sanglier; la dixième année de Tempô ».

61. — Garde en fer ajouré, à profils de deux écureuils à très longues queues. Pièce ciselée en rondebasse.

62. — Garde en fer plein, ciselé, de fleurs stylisées signature Toyonobou à Haghi en Nagato.

63. — Garde en fer plein, finement ciselé d'un paysage avec temple vers lequel se dirige un pèlerin (signature Tomoyashi) à Haghi en Nagato.

STYLES DIVERS CISELÉS A REHAUTS D'OR

64. **Garde en fer** plein, à profils contourné, martelé, représentant un Crapaud apparaissant d'une ouverture de rocher et dont les yeux en or semblent briller dans la nuit. (Signé Nobouiyé).

65. Garde en fer, à profil irrégulier, martelé de nuages où brillent de minuscules points en or figurant des étoiles. (École de Nobouiyé, non signée).

66. Garde en fer ajouré, quadrillé: Deux langoustes à rehaut d'or encerclées.

67. Garde en fer ajouré de feuilles de bambou à rehauts d'or. (Signature Massamori).

68. Garde en fer ajouré, ciselé d'un guerrier, à visage en cuivre rouge, près un pin. Rehauts d'or. (Signature Sôten).

69. Garde en fer ajouré, ciselé de guerriers combattant près forêt de pin. Visages cuivre rouge et rehauts or. (Vente Gerbeau).

70. Garde en fer ajouré, circulaire ciselé de Cavaliers dans la rivière et passant sous un pont. Rehauts d'or.

71. Garde en fer ajouré, quadrilobé. Travail à la scie avec fine ciselure de brindilles à rehauts d'or.

72. — Garde en fer ajouré, ciselé de branches de pin et décoré. Rehauts d'or.

73. — Garde en fer ajouré, circulaire, ciselé d'un Casque et d'un éventail de commandement. Rehauts métalliques.

74. — Garde en fer ajouré, ciselé, de nombreux personnages, près pin. Vêtements et arbres rehaussés d'or.

75. — Garde en fer ajouré, circulaire à deux ajours lobés et argentés.

76. — Garde en fer plein, circulaire, ciselé d'un tigre et d'un Sennine près bambou au bord de l'eau.

77. — Garde en fer plein, ciselé en fort relief d'un cheval au galop en cuivre rouge.

78. — Garde en fea plein, quadrilobé, ciselé d'un personnage, debout sur radeau. Rehauts.

79. — Garde en fer plein, quadrilobé, martelé, ciselé d'un bœuf très fin, rehauts métalliques.

80. Garde en fer plein, octogonale, ciselé et gravé de rats et d'un navet gigantesque à rehaut d'or.

81. — Garde en fer plein, quadrilatéral, ciselé d'un personnage sous un pont. Rehauts.

82. — Garde en fer plein, quadrilatéral, gravé d'un Aigle sur perchoir, rehauts.

83. — Garde en fer plein, circulaire, ciselé d'une vieille femme avec balai et tortue, très fin. Rehauts métalliques.

84. — Garde en fer plein, circulaire, ciselé de Yébisu et Carpe en bateau. Rehauts.

85. — Garde en fer plein, circulaire ciselé d'un Oiseau sur instruments aratoires et fleurettes. Rehauts.

86. — Garde en fer plein, quadrilobé, ciselé d'un personnage en bateau par clair de lune. Rehauts.

87. — Garde en fer plein, circulaire. Bord de rivière. Oisillons volant. Rehauts.

88. — Garde en fer plein, carré, ciselé d'un Sennine au bord de l'eau, près pin. Rehauts.

89. — Garde en fer plein, circulaire ciselé d'un chien près buisson fleuri. Rehauts.

90. — Garde en fer plein, circulaire, martelé, ciselé d'un personnage et d'un bœuf et caractères gravés. Rehauts de cuivre.

91. — Garde en fer plein, carré, ciselé de Jurodjin à crâne rouge, sur un nuage à rehauts d'or et d'une grue en argent.

92. — Garde en fer plein, quadrilobé, ciselé d'un vieillard et enfant à visages argent et cuivre rouge au bord de la rivière.

93. — Garde en fer plein, quadrilobé, ciselé d'hirondelle volant près un saule. Rehauts.

94. — Garde en fer, circulaire. Libellule volant près buisson fleuri. Rehauts.

95. — Garde en fer plein, ovale, quadrilobé, ciselé d'un vol d'oies minuscules se dirigeant vers buisson de bambou.

96. — Garde en fer plein, quadrilobé, ciselé d'un minuscule vol d'oies se dirigeant vers un pin et du batelier. Rehauts. (Signature Kanéiyé.)

97. — Garde en fer plein, quadrilobé, martelé, ciselé d'un dragon ondulant dans les nuées. Rehauts.

98. — Garde en fer plein, circulaire, ciselé de Temple au bord de l'eau, vers lequel se dirigent des pélerins. Rehauts métalliques.

99. — Garde en fer plein, ciselé, en fort relief, d'un grand Dharma dont la tête est en cuivre rouge et la boucle d'oreille en or. (Copie d'une pièce connue attribuée à Oumétada).

100. — Garde en fer plein, circulaire, ciselé d'un vieillard en bateau près rocher. Rehauts.

101. — Garde en fer, circulaire, ciselé de chevaux aux repos et au galop. Rehauts métalliques.

102. — Garde en fer plein, carré, ciselé d'un chien, yeux en or.

GARDES EN BRONZE JAUNE

103. — **Garde en bronze jaune**, plein, quadrilobé, gravé de chevaux en prairie, près saule. Rehauts métalliques. (Signée Goto Mitsubumi.)

104. — Garde en bronze jaune, ovale, ciselé d'un grand cerf, vu de dos, contemplant quartier lunaire. Patine foncée à rehauts d'or.

105. — Garde en bronze jaune, ovale, ciselé d'une branche fleurie sur fond chagriné. Rehauts.

106. — Garde en bronze jaune, carré, ciselé d'une barque ancrée dans les roseaux. Rehauts.

107. — Garde en bronze jaune, quadrilobé, gravé de dragon et de nuage.

108. — Garde en bronze jaune, ovale, gravé de vagues et ciselé d'oisillons volant.

109. — Garde en bronze jaune, ajouré, ciselé d'un Tigre près un érable. Rehauts (signature Tomo.....).

110. — Garde en bronze jaune, ovale gravé et ciselé d'un fouillis de vagues écumantes (signature Hidéshiou).

111. — Garde en bronze jaune, patiné, ovale, à profil d'aigle sur sommet de pin et guettant oisillons qui s'enfuient du nid. Rehauts d'or (signature Mitsumassa).

112. — Garde en bronze jaune, ajouré, circulaire, ciselé d'un bœuf se dirigeant vers personnage se retournant vers déesse dans la nuit.

113. — Garde en bronze jaune, plein, ciselé d'une oie, bronze rouge, volant au-dessus de roseaux.

GARDES EN BRONZE ROUGE

114. — **Garde en bronze rouge,** ovale, ciselé d'une grande grue volant, avec une poésie attachée à la patte, au dessus du soleil levant. Rehauts d'or (signé Hiroyoshi).

115. — Garde en bronze rouge, à patine noire, quadrilobé et chagrinée. Ciselure dessus et dessous de nombreux buissons de fleurs.

116. — Garde en bronze rouge, patine noir, ovale, ciselé d'une carpe dorée dans les vagues sur le champ de la garde.

GARDES EN SHIBUITSHI

117. — **Garde en shibuitshi** plein, ovale, ciselé d'oiseau de proie sur rocher battu par les flots.

118. — Garde en shibuitshi plein, quadrilobé, ciselé d'une grande grue debout, près roseaux. Lune et nuages patinés rouges.

GARDES EN SHAKOUDO

Suite de l'atelier des Gotô

119. — **Garde en Shakoudo** plein, ciselé de personnages en costumes de cour et jouant au ballon. Rehauts d'or et d'argent.

120. — Garde en shakoudo plein, ciselé de temple, de ponts et de rivières. Rehauts métalliques.

121. — Garde en shakoudo plein, carré, ciselé des deux côtés d'oiseaux de paradis volant sur fonds de rinceaux vermiculés. Rehauts.

122. — Garde en shakoudo plein, circulaire, ciselé de grande barque ancrée près saule et roseaux. Fond chagriné, rehauts métalliques.

123. — Garde en shakoudo ajouré, quadrilobé, ciselé des deux côtés de guerriers combattant dragon près pont (signature Haroufoussa) de Bunryoshi.

124. — Garde en shakoudo ajouré, circulaire, ciselé d'un philosophe caressant un dragon. Rehauts (signature Massataka) de Bunryoshi.

ARMURES

125. — **Cuirasse**. Devant, dos et épaulières à lamelles de fer reliées avec ganse bleues, avec basques.

126. — Cuirasse. Devant et dos en métal laqué noir avec grande armoirie en laque d'or, avec basques.

127. — **Casque en fer** laqué noir à couvre-nuque et oreillettes.

128. — Casque en fer à bombe à raies longitudinales, grand couvre-nuque en lames de cuir reliées par une ganse bleue, oreillettes recourbées avec Kiris en bronze gravés à la visière, partie en bronze pour supporter l'ornement.

129. — **Masque en fer.** Barbu avec gorgerin. Ce masque se compose de la partie inférieure recouvrant les oreilles, les joues, le menton avec nez aquilin mobile.

130. — Masque en fer. Même forme que le précédent.

131. — **Lot** d'épaulières.

132. — Lot de jupes.

133. — **Deux lots** de molletières.

134. — Deux lots de brassards.

SABRES

135. — **Sabre dans fourreau** sans Kodzuka. Lame unie, Kashira bronze gravé. Garde quadrilobée ajourée d'oisillons et de vagues à rehauts, fourreau laqué à garnitures en métal patiné.

136. — **Sabre sans poignée.** Lame unie dans fourreau laqué rouge.

MANCHES DE KODZUKAS

137. — **Manche de Kodzuka** argent gravé et ciselé, d'ornements de vagues.

138. — Manche de Kodzuka argent gravé de légendes et d'un minuscule cavalier.

139. — Manche de Kodzuka shibuitshi gravé de grotesques à cheveux rouges baillonnés d'étoffes en argent à rehauts métalliques. (Signature Massaharou).

140. — Manche de Kodzuka shibuitshi gravé et ciselé d'un sennine au crapaud, rehauts métalliques.

141. — Manche de Kodzuka shibuitshi gravé d'une pêche au cormoran.

142. — Manche de Kodzuka shibuitshi gravé d'un personnage à deux protubérances frontales.

143. — Manche de Kodzuka en sentokou, ciselé de martins-pêcheurs et gravé de cours-d'eau.

144. — **Manche de Kodzuka** en shakoudo chagriné, ciselé d'un carquois.

145. — Manche de Kodzuka en shakoudo ciselé d'un aigle sur pin, rehauts.

146. — Manche de Kodzuka en shakoudo ciselé d'un bœuf courant.

147. — Manche de Kodzuka en shakoudo ciselé d'oiseau sur branche.

147 *bis*. **Trois lames de Kodzukas.**

148. — **Trois épingles à chapeau** : singe, perroquet et hibou en métaux ciselés.

149. — **Deux Kogaïs** finement ciselés de rinceaux.

150. — **Un lot** de ménoukis.

ANNEAUX ET BOUTS DE SABRES

151. — **Anneau et bout en fer** ciselés en relief d'oiseaux de Hô, de chimères et de poésie. Reliefs rehaussés d'or.

152. — Un lot d'anneaux et bouts en fer ciselé et en shibuitshi.

153. — Un anneau et bout fer ciselés de chrysanthèmes à rehauts d'or et d'argent.

OBJETS EN FER

154. — **Prêtre debout** sur socle lotus, les mains ramenées vers la poitrine dans le geste de l'adoration.

ARTICLES DE FUMEUR

155. — **Blague à tabac** cuir avec Kanamono shibuitshi finement, ciselé, en fort relief, d'un lancier à cheval défendant un pont (signature Naomassa). Bouton netzuké ivoire avec plaque métallique très finement ciselé d'un guerrier offrant respectueusement son sabre à une divinité assise au-dessus des vagues. Le bouton est relié à la blague et à l'étui par une chainette et un coulant métalliques.

156. — **Pipette** argent aplati ciselée d'oisillon et de vagues (le métal sans garantie).

OBJETS EN BRONZE

157. — **Mandarin** militaire assis la main droite posée à plat sur le genou droit et la main gauche tenant une coupe.

158. — **Deux brûle-parfums** formés de deux lièvres à yeux rouges.

159. — **Godet** à eau. Petit personnage sur tortue.

160. — **Jardinière** minuscule formée d'un citron digité.

161. — **Tchoung-li-Kuen** debout sur socle tenant un écran.

162. — **Lu-tong-pin** debout sur socle tenant des deux mains un grand sabre.

163. — **Vase** à deux anses gravé de grecques.

164. — **Çakyamouni** avec urna au front, debout sur lotus, la main rapprochée de la poitrine dans le geste de de l'adoration. Vieille pièce encore laquée et dorée.

165. — **Crabe.**

166. — **Une grande sauterelle** articulée.

167. — **Motif** d'ornement de temple.

168. — **Kouanine**, (coiffée à la Maintenon) assise sur rocher et tenant un enfant sur ses genoux. Vieille patine à tons d'or.

169. — **Godet** à encre figurant une courge.

170. — **Crapaud** avec trou à la panse.

171. — **Brûle-parfums** hexagonal tripode, anses verticales ; couvert avec chimère ; gravure de grecques et de dragons.

172. — **Caille** brûle-parfums.

173. — **Dharma** debout sur feuille.

174. — **Rat** au repos, tenant en ses pattes antérieures, une châtaigne.

175. — **Eléphant** caparaçonné (brûle-parfums).

176. — **Poutaï** siestant riant et tenant chapelet, socle bois.

177. — **Çakyamouni** accroupi dans une pose subactine. Il a les cheveux frisés, les mains ramenées dans le giron dans le geste de la méditation et supportant perle sacrée. Vieille patine, socle bois.

178. — **Cornet** à panse sphérique à reliefs de chrysanthème et de figues, patiné noir.

179. — **Divinité** Thibétaine, diadémée, assise, les jambes repliées dans la pose subactive ; la main droite relevée, la paume en avant et la main gauche tenant coupe. Parties encore laquées d'or.

180. — **Chien** de Fô au repos.

181. — **Chimère** à crinière frisée.

182. — Chimère et son petit.

183. — **Chien** de Fô patte sur boule.

184. — Chien de Fô aboyant avec queue panachée relevée.

185. — **Eléphant** godet à eau et formant cachet.

186. — **Conque** de laquelle sort une chimère.

OBJETS EN BOIS

187. — **Jouy-sceptre** en bois sculpté et ajouré avec trois appliques de cornaline ciselées.

188. — **Prêtre bouddhique** grossièrement sculpté debout, les mains rapprochées de la poitrine dans le geste de l'adoration. Pièce fort ancienne.

189. — **Gardien de Temple** debout sur rocher les mains ramenées vers la poitrine rapprochées dorsalement avec les doigts entrecroisés. Sculpture XVIIe.

OBJET EN LAQUE.

190. — **Deux Peignes** laque d'or. Oiseau devant croissant lunaire et branche de prunier fleuri.

191. — **Inrô** 3 cases en vieux laque. Paysage à incrustation de burgau et décoré de bambous.

192. — Inrô 1 case sculpté d'un saint personnage sur fond laqué d'or uni.

193. — Inro 4 cases, en bois laqué noir; gravure de sujets légendaires.

194. — Inrô 1 case, bois naturel strié, ciselé en relief d'une chauve-souris en bronze et de la lune en plomb.

195. — Inrô 4 cases. Vieil Inrô usé en laque noir et or décoré de personnages sous pin.

196. — Inrô 2 cases. Enfant sur bœuf en laque d'or.

197. — Inrô 3 cases. (Suite de Shunsho). Enfant et bœuf en réserve sur fond d'or uni.

198. — Inrô 4 cases, (vieil Inrô). Hirondelles en burgau volant près saule. Laque d'or par endroits.

199. — Inrô 4 cases, fond noir, poudré or, décoré d'arbres en relief.

200. — Inrô 3 cases. Vieil Inrô noir. Fagots dorés, fruit et feuilles en burgau.

201. — Inrô 4 cases, entièrement laqué d'or uni décoré en relief d'or de prunier fleuri ; pavage d'or au terrain. (Suite moderne de l'Ecole du Kadjikawa).

202. — Inrô 4 cases, décoré de temples. (Laque moderne).

203. — **Boîte** formée d'un tambour clouté d'ivoire à couvercle sculpté en fort relief d'un masque en bois et d'une flûte céleste en ivoire.

204. — **Bonbonnière** circulaire laque noir aplati laquée en relief de cyprins et d'herbes.

205. — **Deux Épingles** de chevelure.

NETSUKÉS EN BOIS

206. — **Netsuké bois.** Chèvre au repos.

207. — Netsuké bois. Deux lièvres.

208. — Netsuké bois. Singe assis mangeant un fruit. Signé Mitsuharou.

209. — Netsuké bois. Vieille femme battant le linge.

210. — Netsuké bois. Deux rats jouant.

211. — Netsuké bois. Personnage debout riant.

212. — Netsukés bois. Deux pièces. Deux chevaux debout les têtes baissées vers les pieds rapprochés.

213. — Netsuké bois. Rat faisant la courte échelle pour atteindre les bords d'un baquet.

214. — Netsuké bois. Chien couché sur paillasson roulé.

215. — Netsuké bois. Vieillard accroupi tenant blague.

216. — Netsuké bois. Grelot minuscule.

217. — Netsuké bois. Hotei et enfant.

218. — Netsuké bois. Masque d'Okamé.

219. — Netsuké bois. Aveuble braillant.

220. — Netsuké bois. Tortue marine à tête phénoménale.

221. — Netsuké bois. Poisson grotesque. Signé Massaïchi.

222. — Netsuké bois. Atelier d'Oudji. Personnage, une jambe levée maintenant un sac sur sa tête. Endroits encore laqués.

NETSUKÉS BOUTONS

223. — **Bouton ivoire** avec plaque de métal ciselé d'un Manzai.

224. — Bouton ivoire avec plaque métallique ciselée d'un rat près jardinière.

225. — Bouton ivoire avec plaque métallique, ciselée d'un Dharma.

226. — **Bouton bois** gravé et ciselé d'une princesse et d'un archer.

227. — Bouton bois avec plaque métallique gravée de roseaux, de prunier et de lune.

228. — Bouton bois laqué à double réserve de vannerie laquée.

NETSUKÉS

229. — **Netsuké bois.** Crapaud pélerin debout tenant bâton de sa main droite et portant gourde sur son dos.

230. — Netsuké bois. Tchanomi, fruit de l'arbre à thé.

231. — Netsuké bois. Deux ermites jouant au jeu de gô.

232. — Netsuké bois. Singe assis tenant en ses membres antérieurs une énorme mangue.

233. — Netsuké bois. Philosophe assis accoudé sur une table et ayant un chien de Fô couché à ses pieds. Vieille pièce formant cachet.

234. — Netsuké bois. Deux débardeurs faisant passer entre leurs jambes, un samuraï. « Ce dernier ayant été grossièrement apostrophé par eux, et ne connaissant. ou jugeant inutile aucun moyen de réparation préféra accepter leur gageure. »

235. — Netsuké bois. Deux singes accroupis se grattant et s'épouillant.

236. — Netsuké bois. Scène maternelle. Guenon dorlottant son petit (signature Mitsou Kouni).

237. — Netsuké bois. Chèvre du Thibet au repos et son petit monté sur elle.

238. — Netsuké bois. Conque de laquelle sort un petit personnage.

239. — Netsuké bois. Hannia à tête cornue, échevelée et à queue de serpent enroulant une cloche.

240. — Netsuké bois. Jeune chien au repos.

241. — Netsuké bois. Foukourokoudjiou et sa gazelle.

242. — Netsuké bois. Choki agenouillé et courbé sur chapeau sous lequel est écrasé un òni.

243. — Netsuké bois. Datura avec partie ouverte formant grelot ; à l'intérieur du fruit se trouve une graine.

244. — Netsuké bois. Coque de noix finement évidée ; gravée d'une chrysanthème, de pêcheur, de temple, avec pleine lune en nacre.

245. — Netsuké bois. Groupe de châtaignes.

246. — Netsuké bois. Hotei riant appuyé sur un sac.

NETSUKÉS IVOIRE

247. — **Netsuké en ivoire.** L'homme aux longues jambes portant sur son dos l'homme aux longs bras. Le premier saisit une brême de mer et le second une pieuvre.

248. — Netsuké en ivoire. Scène nocturne. Personnage fin vêtu riant à l'espoir d'attraper un rat.

249. — Netsuké en ivoire. Scène de tarrasque. Un enfant apparait soulevant le manteau du masque du lion de Corée.

250. — Netsuké en ivoire. Guenon et ses petits se bouchant le nez, les yeux et les oreilles.

251. — Netsuké en ivoire. Chien dormant sur une feuille.

252. — Netsuké en ivoire. Pêcheur valsant avec un poisson gigantesque.

253. — Netsuké en ivoire. Chien faisant le beau assis sur coussin triangulaire.

254. — Netsuké en ivoire. Bouton rond gravé d'un vieillard tenant une lanterne. Signature Mitsusaï.

255. — Netsuké en ivoire. Silure gigantesque ayant sur son dos un minuscule pêcheur tenant perle sacrée.

256. — Netsuké en ivoire. Hotée assis, le crâne coiffé d'une calotte de métal.

257. — Netsuké en ivoire. Kaki sur lequel grimpe un petit arabe.

258. — Netsuké en ivoire. Deux mulots rongeant une rave.

259. — Netsuké en ivoire. Vieillard barbu accompagné d'un petit garçon.

260. — Netsuké en ivoire. Minuscule souris rongeant une rave.

261. — Netsuké en ivoire. Sceau à profil de grelot sectionné perpendiculairement.

262. — Netsuké en ivoire. Coq sur tambourin.

263. — Netsuké en ivoire. Enfant assis portant et maintenant gourde sur son dos.

264. — Netsuké en ivoire. Manzaï dansant.

265. — Netsuké en ivoire. Fruit ouvert, à l'intérieur duquel apparaît un petit singe.

266. — Netsuké en ivoire. Epi de maïs.

267. — Netsuké en ivoire. Bouton en bois strié sur lequel est un masque en ivoire.

NETSUKÉS EN OS

268. — **Netsuké en os.** Deux groupes de champignons.

269. — Netsuké en os. Trois pièces. Renard en pélerin et deux vieilles mendiantes.

270. — Netsuké en os. Chauve-Souris reposée sur un long champignon.

NETSUKÉS LAQUÉS

271. — **Netsuké laqué.** Oni accroupi sur tambourin.

272. — Netsuké laqué. Enfant assis maintenant devant lui un grand masque de lion de Corée.

CÉRAMIQUE

273. — **Brûle-parfum** tripode, circulaire, couvercle à chimère, anses verticales, gravure de décors géométriques. Dessous cachet d'artiste. Poterie mate.

274. — **Coupe** gravée d'une langouste sur fond doré. Poteriet

275. — **Hotei obèse** debout riant, glaçure oxyde de cuivre et manganèse dans les creux.

276. — **Vase** circulaire, cylindrique, décoré de branches sur fond crèmeux craquelé. Poterie.

277. — **Jardinière** blanc et bleu, porcelaine. Hotei sortant d'un sac.

278. **Deux Statuettes** de Poterie. Style des Ming. Homme et femme en costume de cour, à chairs en biscuit et vêtements à glaçure bleue et verte.

PORCELAINE.

279. — **Très grande coupe** en porcelaine de Canton.

280. — **Boîte à savon.**

281. — **Grande bouteille** à couvercle à panse sphérique et très long col. Même fabrique.

282. — **Tasse** et deux soucoupes bleu et blanc à dessous brun manganèse.

283. — **Tasse** porcelaine à Imari.

284. — **Vase** en poterie cloisonnée.

ESTAMPES

285. — **Koriousaï**. Trois dames en danseurs.

286. — **Tshoki**. Dame et deux enfants en Manzaï.

287. — **Hoksaï**. Huit feuilles des Vues de Yédo.

288. — **Un lot**, par Tsukimaro, Outamaro, Toyokouni, Yeisen et Atelier d'Outagawa.

FRAZIER-SOYE

GRAVEUR-IMPRIMEUR

153-157, RUE MONTMARTRE

PARIS

RED. :

20

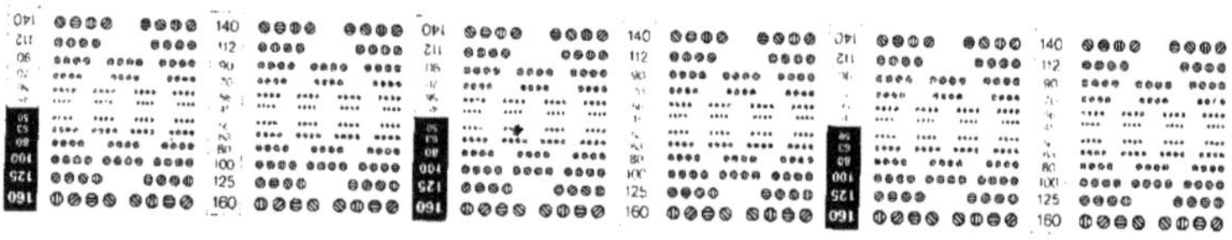

MIRE ISO N° 1
NF Z 43-007
AFNOR
Cedex 7 - 92080 PARIS-LA-DEFENSE

graphicom

0 1 2 3 4 5 6 7 8 9 10

BIBLIOTHEQUE
NATIONALE
DE FRANCE
****
CHATEAU
DE
SABLE
1996

www.ingramcontent.com/pod-product-compliance
Ingram Content Group UK Ltd.
Pitfield, Milton Keynes, MK11 3LW, UK
UKHW022147260726
13993UKWH00005B/2208